給孩子們：Rosalie、Blanche 和 Noé
感謝大人們：Marion、Emma、Christophe 和 Isa

—— Ronan Badel

Henri ne veut pas aller au centre de loisirs
Author: Christophe Nicolas
Illustrator: Ronan Badel
© DIDIER JEUNESSE, Paris, 2013

系列：快樂普通話繪本（Let's Learn Putonghua Picture Book）
書名：亨利不想去 Playgroup
著者：Christophe Nicolas
繪者：Ronan Badel
譯者：周淑賢

策劃編輯：張艷玲
責任編輯：張艷玲
書籍設計：鍾文君
出版：三聯書店（香港）有限公司
　　　香港北角英皇道 499 號北角工業大廈 20 樓
發行：香港聯合書刊物流有限公司
　　　香港新界大埔汀麗路 36 號 3 樓
印刷：中華商務彩色印刷有限公司
　　　香港新界大埔汀麗路 36 號 14 樓
版次：2015 年 5 月香港第一版第一次印刷
規格：大 16 開（200 x 250mm）32 面
國際書號：ISBN 978-962-04-3642-0
© 2015 三聯書店（香港）有限公司
Published in Hong Kong

Let's Learn Putonghua Picture Book
快樂普通話繪本

亨利
不想去Playgroup

Christophe Nicolas

Ronan Badel

hēng lì bù xiǎng qù
亨利不想去 Playgroup。

hěn wú liáo
Playgroup 很無聊。

shì ma   kě shì   nǐ cóng
是嗎？可是，你從
méi qù guo
沒去過 Playgroup。

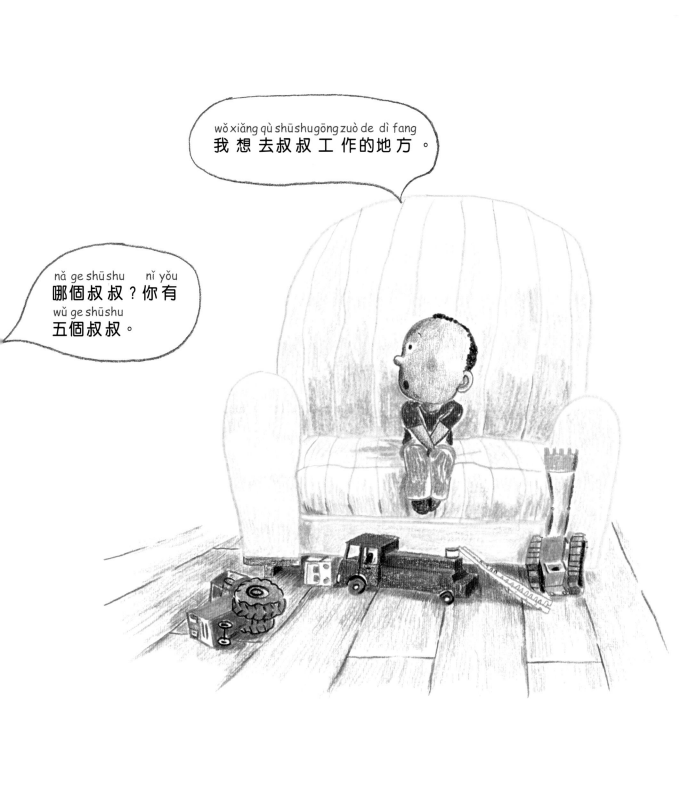

hēng lì xiǎng le xiǎng
亨利想了想，

tā xiǎng qù zhǎo dāng xiāo fáng yuán de shū shu
他想去找當消防員的叔叔。

hēng lì yǒu yī ge dāng xiāo fáng yuán de shū shu　　zhēn xìng yùn
亨利有一個當消防員的叔叔，真幸運！

hēng lì hé shū shu děng dài xiāo fáng jú de diàn huà
亨利和叔叔等待消防局的電話
xiǎng qǐ lái bù guò diàn huà méi xiǎng guò
響起來。不過，電話沒響過。
dà jiā dōu zhù yì fáng huǒ
大家都注意防火。

ō diàn huà xiǎng qǐ lái le
噢！電話響起來了！
yǒu rèn wù
有任務！

rèn wù　　jiù　yī　zhī kùn zài shù shang de māo
任務：救一隻困在樹上的貓。

huí dào xiāo fáng jú　　shū shu ràng hēng lì dài shang tóu kuī
回到消防局，叔叔讓亨利戴上頭盔，

hái ràng tā kàn xiāo fáng tī
還讓他看消防梯。

zài jiàn　　hēng lì
再見，亨利！

dì èr tiān　hēng lì bù xiǎng qù xiāo fáng jú
第二天，亨利不想去消防局。

kě shì　hēng lì yě bù xiǎng qù
可是，亨利也不想去 Playgroup。

hěn wú liáo
Playgroup 很無聊。

tā nìng yuàn qù zhǎo dāng nóng fū de shū shu
他寧願去找當農夫的叔叔。

hēng lì yǒu yī ge dāng nóng fū de shū shu　zhēn xìng yùn
亨利有一個當農夫的叔叔，真幸運！

亨利，你好！
hēng lì nǐ hǎo

你好！
nǐ hǎo

你待在這裏，
nǐ dāi zài zhè li

不要亂跑。
bù yào luàn pǎo

好。
hǎo

亨利和叔叔到田裏工作，太棒了！
hēng lì hé shū shu dào tián li gōng zuò tài bàng le

好棒！
hǎobàng

好棒。
hǎobàng

跟剛才一樣啊,不是嗎?

田裏的工作好像有點兒無聊啊,不是嗎?

亨利跟叔叔說……

叔叔可以皺着眉頭說:「亨利這討厭鬼!」

但他不會這麼說。

甚麼時候下班呀,叔叔?

^{shū shu rén hěn hǎo} ^{tā dǒng de xiǎo hái zi de xīn qíng}
叔叔人很好，他懂得小孩子的心情。

^{tā zài tuō lā jī shang fàng le yī tái shōu yīn jī}
他在拖拉機上放了一台收音機。

^{yī biān tīng mò zhā tè de yīn yuè} ^{yī biān lí tián}
一邊聽莫札特的音樂，一邊犁田。

^{hǎi ōu zài bù yuǎn chù xiǎng shòu tā men de qiū yǐn dà cān}
海鷗在不遠處享受牠們的蚯蚓大餐。

^{zài jiàn hēng lì}
再見，亨利！

dì sān tiān　hēng lì　bù xiǎng qù nóng dì
第三天，亨利不想去農地。

kě shì　hēng lì　yě bù xiǎng qù
可是，亨利也不想去 Playgroup。

hěn wú liáo
Playgroup 很無聊。

tā nìng yuàn qù zhǎo dāng dì tiě sī jī de shū shu
他寧願去找當地鐵司機的叔叔。

hēng lì yǒu yī ge dāng dì tiě sī jī de shū shu　zhēn xìng yùn
亨利有一個當地鐵司機的叔叔，真幸運！

叔叔駕駛着地鐵，從城裏的一端到另一端。整個旅程花了四十七分鐘。然後，叔叔往相反方向開車。

有時候，很多人想擠進車廂裏，叔叔會等一下才關門。

有時候，很多人在月台上奔跑着趕地鐵，叔叔卻關門開車，那些人很不高興。

zhè huì ràng nǐ fā
這會讓你發
xiào ma　shūshu
笑嗎，叔叔？

yī diǎnr yě bù
一點兒也不！

dàn shì　hēng lì kàn dào shū shu xiào le xiào
但是，亨利看到叔叔笑了笑。

zài jiàn　hēng lì
再見，亨利！

dì sì tiān　hēng lì bù xiǎng qù dì tiě zhàn
第四天，亨利不想去地鐵站。

kě shì　hēng lì yě bù xiǎng qù
可是，亨利也不想去 Playgroup。

Playgroup
hěn wú liáo
很無聊。

tā nìng yuàn qù zhǎo kāi wā tǔ jī de shū shu
他寧願去找開挖土機的叔叔。

hēng lì yǒu yī ge kāi wā tǔ jī de shū shu　zhēn xìng yùn
亨利有一個開挖土機的叔叔，真幸運！

hēng lì　　nǐ hǎo
亨利，你好！

nǐ hǎo
你好！

nǐ dāi zài zhè li
你待在這裏，
bù yào luàn pǎo
不要亂跑。

hǎo
好。

gōng dì　li　de tóu kuī tài dà　le
工地裏的頭盔太大了，

hēng lì　zhǐ hǎo dài shang dān chē tóu kuī
亨利只好戴上單車頭盔。

yòng wā　tǔ　jī　wā chū　yī　ge dòng
用挖土機挖出一個洞，

yī　diǎnr dōu bù jiǎn dān　a
一點兒都不簡單啊！

hēng lì　cháng shì cāo zuò kòng zhì gān　qù
亨利嘗試操作控制桿去

wā dòng　　ō　　chū cuò le　　méi guān
挖洞。噢，出錯了！沒關

xi　　shū shu bǎ　tǔ tián huí qu
係，叔叔把土填回去。

zhōng wǔ de shí hou　　hēng lì hé dà jiā yì qǐ chī xiāng cháng
中 午 的 時 候 ，亨 利 和 大 家 一 起 吃 香 腸 。

tā zhéng tiān dài zhe tóu kuī　　yǒu diǎnr bù shū fu
他 整 天 戴 着 頭 盔 ，有 點 兒 不 舒 服 。

kuāng kuāng kuāng
哐！哐！哐！

gā gā gā
嘎！嘎！嘎！

hōnglōng hōnglōng
轟隆！轟隆！

pā dā pā dā
啪噠！啪噠！

dā dā dā
噠！噠！噠！

xià wǔ de shí hou　 hēng lì hé shū shu kāi shǐ wā
下午的時候，亨利和叔叔開始挖

lìng yī ge dòng
另一個洞。

hēng lì lèi le　 xiǎng shuì wǔ jiào
亨利累了，想睡午覺，

dàn shì gōng dì tài chǎo le
但是工地太吵了！

zài jiàn　 hēng lì
再見，亨利！

dì wǔ tiān　hēng lì bù xiǎng qù gōng dì
第五天，亨利不想去工地。

kě shì　hēng lì yě bù xiǎng qù
可是，亨利也不想去 Playgroup。

hēng lì xiǎng qù zhǎo dì wǔ ge shū shu　tā zài gǔ dǒng zhōng bó wù guǎn dāng shǒu wèi
亨利想去找第五個叔叔，他在古董鐘博物館當守衛。

在 Playgroup裏，拼圖少了幾塊。

玩具也不夠。

dà gē ge tī zú qiú tī de fēi cháng hěn
大哥哥踢足球踢得非常狠。

hái bì xū shuì wǔ jiào
還必須睡午覺。

qí shí

bù shì hēng lì xiǎng xiàng zhōng de wú liáo

其實，Playgroup不是亨利想像中的無聊。